句集

ゼロ・ポイント

杉山加織

朔出版

序

この度、「ひろそ火」編集長の杉山加織さんが第一句集を出版する運びとなり、主宰として大いに喜んでいる。

フリーアナウンサーの加織さんに出会ったのは今から九年ほど前、彼女が群馬テレビのリポーターとして私の工房を訪れた時のことである。二階のギャラリーと一階の工房をつなぐ螺旋階段を降りると、スタッフと取材の打ち合わせをしていた彼女が微笑みながら私に挨拶をしてくれた。彼女に電動ろくろの体験などをしてもらい、焼き物の出来るまでをコンパクトにまとめた番組の撮影はなごやかなうちに終了した。取材後の雑談の中で、私が俳句も仕事としてやっていることを話すと、彼女は俳句にとても興味を示してくれた。それがご縁で兼ねてから計画していた月刊俳誌「ひろそ火」の創刊記念祝賀会の司会をお願いすることにしたのである。そして「ひろそ火」創刊と同時に加織さんは本格的に俳句をつくりはじめた。

驚くことに、彼女は最初から季題をしっかりと見つめ、そこに自らの心情を託した俳句を次々と生み出していった。「ひろそ火」で企画した吟行旅行にも臆することなく参加し、十七音の世界に遊びはじめたのだ。いつも五感を研ぎ澄まして季題と向き合う姿勢には感服するものがあった。そして挑戦した未発表二〇句は、見事に第一回ひろそ火新人賞を射止めたのである。

その後も欠かさずひろそ火賞に応募した加織さんは、第六回ひろそ火賞正賞を受賞。他にも俳句総合誌「俳句界」主催の北斗賞佳作にも入選している。彼女の俳句は新鮮かつ個性的、一句一句に宇宙まで広がるような不思議な魅力を秘めている。句歴八年目にしてすでに独自の句境に達していると言ってよい。もちろん、これからさらなる高みをめざして一層の精進を期待するものである。

雛の間の耳を貫きゐる静寂

青葦の流線形に風を切る

母の日や母の役目はまだ知らず

などの俳句に見られるように、加織さんは季題を自分に引き寄せつつ、独特の切り口で作品の世界を広げてゆく。

花人にひとりひとりの空のあり

君の居ぬ時ぽつかりと蝶の昼

この恋は銀河に続く物語

寒紅や心の底を見せぬ色

これらの作品は、季題を通して余韻深く人間の内面的な部分を詠み上げることに成功している。それは決して技巧ではなく感覚によって得た真実。見えない「想い」というものを素直に季題に語らせることが出来ているのだ。

次に、「ひろそ火」の吟行旅行で彼女が授かった作品を紹介したい。自分の目の前の景をつぶさに見つめ、それを無理なく感覚的に軽やかに捉えているのが分かる。

子規の居てこの万緑となりにけり

伊予鉄のオレンジ眩し夏眩し

片陰に短く交はしたる別れ

酒蔵の長き廊下を抜けて夏

眼裏の佐渡の紫陽花明りかな

このような臨場感のある作品は、読み手を一瞬にして旅に誘ってくれるのである。

また、加織さんの次に挙げる作品を見れば、俳句は自分を見つめ直す詩であるということを再認識させられるだろう。

揺れながら探す真ん中秋桜
輝ける場所を探して冬の蝶
明らかな覚悟を持ちて山眠る
野分晴生まれ変りは何度でも
夏めくや光飲み干すカフェテラス
百合開く二度と過去には戻らぬと

また、しっかりとした写生の眼は、この八年間で着実に進化を遂げている。対象をどこまで深く見つめることが出来るかが、新しい俳句を得るための秘訣だということを彼女は知っているのだ。

梅白く支へるための黒き幹
あめんぼの影にをののくあめんぼう
新樹中ひかりは影と隣り合ふ
魚の目に映る空色水の秋

加織さんは俳誌「ひろそ火」の編集はもちろん、アナウンサーとしての技術を生かし、句会では披講師として、また周年事業の司会を完璧にこなし、「ひろそ火」を支えてくれている。中でも、毎年九月一日の夢二忌俳句大会は彼女の楽しみにしているイベントの一つ。各方面への後援依頼書の発送から始まり選者、参加者への案内状作成まで、すべて彼女が一手に引き受けてくれている。そして、大会の運営、司会進行など大車輪の活躍で、懇親会の余興にもさまざまなアイデアを出してくれるのだ。その忙しさのさなか、夢二の愛した榛名湖畔の花野を訪れて詠んだ加織さんの句は、毎年とても素敵である。

伊香保路の霧に濡れたる一忌日

夢といふ字を咲き継ぎて大花野
欠けたるは愛すべきもの松虫草
花野忌の水に脹らむ絵筆かな
引き返すこと赦されし花野径

最後の作品は、令和元年度の第二十六回夢二忌俳句大会の大会大賞となった。この度の第一句集『ゼロ・ポイント』を新たなスタート地点として、これからも加織俳句の新境地を切り開いてほしい。

令和元年　師走

木暮陶句郎

句集　ゼロ・ポイント　目次

装丁　奥村靫正／TSTJ

句集　ゼロ・ポイント

I

呼吸

二十句

初明り宇宙の命広げをり

初富士に語尾の優しくなりにけり

薄氷の映すものの皆青きもの

指切りは遠い昔や春の星

花冷の胸の間の熱ばかり

魂の記憶尋ねて花は葉に

引越の若葉の道をゆきにけり
薫風のアロマ満ちゐるカフェテラス

青芝に希望の風の吹き渡る

暮れなづむ町の灯淡し初蛍

蓮ひらく夢の淵まで甘くして
どの海も跣足で駆けて来たといふ

同じ波二度とは会へぬ夏の海

この恋は銀河に続く物語

秋めいて呼吸のひとつ深くなる

欠けるものどこにもなくて月満ちる

秋の雲雄弁に且つ控へめに

秋風を信じてゴール目指しけり

炉話の隅に天使の笑ひ声

静けさが初雪便りとなりにけり

II

一閃

二十八句

魂の走り抜けたる筆始

初風呂の蛇口の音もあたらしく

ふいに耳塞がれたやう窓の雪

冴返る夜や窓際の白き花

雪解風止みて聴こえるノクターン

斑雪から斑雪を滑りゆくひかり

雛の間の耳を貫きゐる静寂

強東風や今ここといふ一瞬

枝先の春を摑みに行く力

白鍵を駆けのぼりたる音は春

山車を引く声ぶつかりてぶつかりて
スタンドのジョッキーコール青嵐

鳥声の一閃放つ木下闇

黙深き湖尖らせて青嵐

青葦の流線形に風を切る
百合ひらく二度と過去には戻らぬと

押し合ってしらたま白を輝かせ

吾を分かつ如くに汗の流れ落つ

血は滾るものと教へてくれし夏

夢覚めしハイビスカスの明るさに

カンナ咲く本能抑へ難きまま

葉は叫び幹は鎮もる野分中

露の玉弾け宇宙の真理めく
水燃ゆる力を秘めて初紅葉

傷口の赤々として冬近し

極楽はこんな騒ぎや酉の市

停止線噛んで師走の交差点

狼の金の眼の翳りかな

Ⅲ 花時

二十八句

一斉に命の門を開くる花

花冷に小さくひろぐる手弁当

花人になりゆくまでの上り坂
夢を見に来てゐる花の昼下がり

花筵人酒料理はみ出して

花人にひとりひとりの空のあり

花が花呼び合ふ枝のしなりかな

花疲ネイルの剝げし薬指

噓もまた揺れてきらめくさくらの夜

疼くもの秘め花影の揺れにけり

柔らかな硝子の破片花の塵
花の塵時の真ん中めがけゆく

まばたきの一瞬をゆく花吹雪
花吹雪みんなこの世の主人公

スカーフの一重の撓み桜東風

もの言へば溶け出す朧月夜かな

春愁やガラスばかりのビルに居り

本能を開花させたるチューリップ

春の人ハチミツみたいな声をして

春光を巻き込みながら船の来る

初蝶や今日のラッキーカラー舞ふ

黄蝶来て嬉しきことを数へをり

君の居ぬ時ぽつかりと蝶の昼
春光によく浸したるパンケーキ

襟元のリボンゆるやか風光る

しゃぼん玉吹いて吾の夢どこまでも

占ひの他人事めきて春深む

さよならを告ぐる間合や春の風

Ⅳ　風待ち

三十六句

ポケットの詩の零れ出し春近し

片栗の花の翼をひとつ欲し

梅白く支へるための黒き幹

春めくや女子はしきりに髪を梳き

酒蔵の底より春の匂ひけり

斑雪野を踏み締めて生る未来かな

啓蟄や人に逢ふため髪を切る

春眠く細胞ひとつづつ育つ

亀鳴けりタクラマカンの砂漠にも

炭酸に言葉転がす薄暑かな

母の日や母の役目はまだ知らず

絡まりし風は恋人マーガレット

少年の秘密の増えて夏めける

客船の白輝けり聖五月

青葉道心が風になつてゆく

南風吹く群馬の森といふ楽園

緑蔭や一樹に二人づつの影
青葦の先の求める空の青

月面に水輪のリズム梅雨深し

夏河原ほど良き石に憩ひをり

上州の風を入れ替へ梅雨明くる

自由とは果てなき旅路夏燕

潮風に涼しく海図拡げをり
いま虹の片側持つて逢ひにゆく

異国語の飛び交ふバルの灯涼し

店先の古書に降り積む残暑かな

江ノ電のベルの乾きや秋の旅

新涼や恋の行方を占へば

袖口のボタンのほつれ今朝の秋

爽やかや頬に触れ来る髪の先

すれ違ひ様の微笑み秋桜
秋霖の繋いでくれし祈りかな

行秋や人はことばを手繰り寄せ

北風の端握り締めゐる小枝

群れたくてまだ群れたくて枯芒

いくつもの恋をぶら下げ聖樹佇つ

V 万緑

二十八句

吟行の士気の整ふ迎へ梅雨

青葉雨道後駅舎をけぶらせて

神の湯に青葉の風の渡りけり

ギヤマンの赤き灯火明易し

短夜を目覚めさせたる刻太鼓

夏燕坊っちゃん列車掠めゆく

子規の居てこの万緑となりにけり

万緑や魂合ふ漱石子規の筆

風青葉筋鉄門を開け放つ

峰雲や言の葉育つ城下町

俳縁を結びし都風薫る

伊予鉄のオレンジ眩し夏眩し

恋の跡刻みしホーム花柘榴

島影のひとつに小富士夏霞

波音がBGMやカフェ涼し
冷酒を生き生き吟味する女

旅疲れゆるゆるほどけ扇風機

タコライス待ちこがれゐる夏帽子

瀬戸内の海に心を洗ふ夏

片陰に短く交はしたる別れ

夜に触れて琉球むくげ閉ぢにけり

万緑や珊瑚の島の赤瓦

八重山の恵みゆたかや風薫る

船窓のさみだれてゐる帰航かな

酒蔵の長き廊下を抜けて夏

眼裏の佐渡の紫陽花明りかな

海に向く棚田しづかや半夏生

別れゆく島影青く夏霞

Ⅵ　逆光

二十八句

春寒し一筆箋の濃き余白

白白と明くる窓辺や涅槃の日

紅椿色を残して落ちにけり

春灯歪な文字の動き出す

新樹中ひかりは影と隣り合ふ

暑さから逃れるための哲学書

短夜や言葉は街の灯に溶けて

蔵カフェの壁一面の五月闇

走り去るものに夏野の光かな

雷走る青春ときに罅割れて

誓約書涼しき文字の並びをり

イエス・ノー答へぬままに髪洗ふ

すぢ雲や夏の終はりを告げてをり

浮世絵の浴衣や夜を艶めかせ

たましひの集ふ踊の輪と思ふ

品書きの文字のよろめきゐる残暑

かなかなの風に記憶を撫でらるる
八月の光に置いてゆきし過去

揺れながら探す真ん中秋桜

冷ややかや翳せば開くカードキー

重なりしワインの澱や秋惜しむ

いちまいの揺れて燃え出す蔦紅葉

紅葉散る絶頂といふ名のもとに
着信音また尖らせて冬の月

マネキンの伏目がちなる雪もよひ

アンティーク家具に滑りし冬灯

寒月に追ひかけらるる終電車

輝ける場所を探して冬の蝶

Ⅶ　深潭

三十二句

木目込の雛に体温ありにけり

雛の間の四隅にありし静寂かな

かな文字の流るる如し春の雪
真実はいつも吾の中涅槃雨

ため息の色かもしれぬ春の闇

十薬に記憶の端を摑まれし

この星の五月闇とは深碧

五月雨の昏みきれずに湖の碧

短夜の気持ち伝はり切らぬペン

あめんぼの影にをののくあめんぼう

蓮の雨いのちの底を濡らしたる
蓮の葉の匿ふ闇の涅槃かな

蓮の葉の光るものだけ零しをり

濡れてゐる街膨らます夏の月

朽ちること喜びもして沙羅の花

無傷では居れぬ人生桃饀る

裏側の吾を見つける夜長かな

筆圧の不意に弱まる夜学かな

魂分かつごと開きたる貝割菜

秋の影地球にそつと横たはる

カーラジオふと途切れたるそぞろ寒

窓際に夜毎染み出したる秋思

名も知らぬカクテルに酔ふ紅葉宿
燭台のくろがねの錆身に入みぬ

動かざる闇に貼りつく夜寒かな

落葉踏むはけの小径の石畳

霙降る空の余力を使ひ切り
手袋の指先に棲む静けさよ

寒紅や心の底を見せぬ色

凍蝶や時の重さに耐へられず

雑煮煮る朝の静寂を染み込ませ
何もなきところ貫く去年今年

Ⅷ 水明

三十六句

秋晴や境界線の無き天地

紅葉渓光は水に変はりゆく

白金の漣増ゆる秋の川

ゆつくりと秋を吸ひ込む大銀杏

風音の旋律高く冬近く

明らかな覚悟を持ちて山眠る

読初や地上に星の降りる頃

青に青重ね鎮もる初山河

静けさの粒子煌めき今朝の春

寒晴のぬくみ眉間に集まりぬ

筆先をほぐして春の立ちにけり

雪解の山は重力解き放ち

歌声になりたる風や花ミモザ

雛菊の真ん中に日の生まれたる

水の春人も自然もとどまらず
落書きの君も一緒に卒業す

水温むテラスにペンの忘れ物

若鮎の走り水の香甘くなり

夏隣瀬音の弾む烏川

初夏の蒼きラインの一筆箋

木洩れ日の濡れ初夏の園となる

初鰹なればば辛口吟醸酒

夏めくや光飲み干すカフェテラス

新緑の色染め直す通り雨

神々の雫含みし薬採る

柿の花こぼして未来地図となる

操舵輪夢いっぱいに夏を描く
大空の入り口に立ち燕の子

甘やかな香り残せる日傘かな

空高くなる新秋の里帰り

水音も粗削りなる残暑かな

湯の町の神話瞬く星月夜

魚の目に映る空色水の秋

褪色の空に帰燕の影深む

野分晴生まれ変りは何度でも
たましひの透き通る声水の秋

IX

四温晴

二十四句

初結の高さ心の高さまで

読初や言葉に生きて生かされて

今日生きる顔を洗ひて寒の水

四温晴励ますためにある言葉

春障子陽より明るき母の声

フランスの重たき鍋で炊く菜飯

暖かや空を広げてゐるランチ

青き踏む地球に鼓動還しつつ

囀の高さの空の青さかな

何気ない日常が好き花水木

アロハてふ優しき響き風薫る

新涼や賽銭箱を弾む音

ページ繰る指に寄り添ふ秋の声

控へ目な母の優しさ菊日和

過去は皆紅葉明りに煌めけり
雄弁に語り出す尾根冬めける

一会から永遠の友へと日向ぼこ

大綿の風に命の見え隠れ

枯芒川面透かしてゆける風

極月や逢ふ人々に感謝告ぐ

思ひ出を語りたがりて古暦

どの手にも夢を包みてクリスマス

スパンコール靡かせ数へ日のパーティー
手袋やまだまだ摑めさうな夢

X
花野径

十六句

短夜やものの形の見えすぎて

夏の夜を拾ひ集めて足す絵具

夏の湖画商の欲しき青満たす
遠花火眠れる街の先に咲く

夢といふ字を咲き継ぎて大花野
野分晴山河ひとつに溶けるまで

伊香保路の霧に濡れたる一忌日
露生れば露のかたちに物思ふ

霧やさし夢二の森に踏み入れば
大花野風の教へてくれし道

主待つ鍵穴の露揺らしつつ
欠けたるは愛すべきもの松虫草

みづうみの深さに露の黙しをり

山湖いま青く翳りて夢二の忌

花野忌の水に脹らむ絵筆かな

引き返すこと赦されし花野径

句集　ゼロ・ポイント　畢

あとがき

これは私の第一句集です。

「あとがき」なるものを打ち込む指がわずかに震えています。まさかこのようなときを迎えるなどとは夢にも思わなかったからです。とはいえ、現実に起ることとは得てしてこのようなことばかり。俳句との出合いはまさにそうした予想外のことでした。作句開始から八年を経て第一句集を編むことになり、俳誌「ひろそ火」誌上での発表句を中心に二七六句を自選しました。

編纂にあたり、俳句をはじめたばかりの頃の、何とか十七音に詠み込もうとする気負いや、追えば追うほど真実から遠のくようなもどかしさがよみがえり、改めて次のことばを思い出しました。

「俳句とは哲学。目に触れる大自然の営みに知を求めて、そこに愛という詩情を注ぎ込むことこそ作句上の大きな助けとなる。」

師である木暮陶句郎主宰のことばです。熱心な御指導のおかげで、自分の五感が捉えたものに愛という詩情を注ぎ、十七音を紡ぐ瞬間の壮大で自由なこころに気づくことができました。またその瞬間に出逢いたく俳句を続けていると言っても過言ではありません。

心が弾んで調子の良い日も、落ち込んで塞ぎ込みそうな日も、どんな日にも目の前には季節を彩ることばが溢れ、俳句と句友が寄り添ってくれた八年。この眼前の現実こそが私を生かしてくれているエネルギーに満ちているのだと、その喜びを胸に十七音の世界を存分に楽しもうと思います。

おわりに、本句集の上梓にあたり、あたたかい励ましとともに序文をいただきました主宰に心より感謝申し上げます。そして、朔出版の鈴木忍様には初句集を編む私に細やかな御助言を賜り厚くお礼を申し上げます。

令和元年　三冬月

杉山加織

著者略歴

杉山加織（すぎやま　かおり）

昭和 53 年　静岡県生まれ　中央大学文学部卒
平成 23 年　「ひろそ火」入会
平成 24 年　ひろそ火新人賞受賞
平成 28 年　北斗賞佳作
平成 30 年　ひろそ火賞正賞受賞

現在　「ひろそ火」編集長、夢二忌俳句大会実行委員、
群馬県俳句作家協会会員、フリーアナウンサー

現住所　〒 377-0102　群馬県渋川市伊香保町伊香保 397-1
「ひろそ火」発行所気付

句集　ゼロ・ポイント

2020年2月4日　初版発行

著　者　　杉山加織

発行者　　鈴木　忍

発行所　　株式会社 朔《さく》出版
郵便番号173-0021
東京都板橋区弥生町49-12-501
電話　03-5926-4386
振替　00140-0-673315
https://www.saku-shuppan.com/
E-mail　info@saku-pub.com

印刷製本　中央精版印刷株式会社

ISBN978-4-908978-39-5　C0092